KB265519

꽃, 이
꽃잎

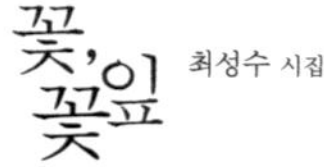 사십편시선 003

꽃,이 꽃요 최성수 시집

2012년 6월 18일 제1판 제1쇄 인쇄
2012년 6월 25일 제1판 제1쇄 발행

지은이	최성수
펴낸이	강봉구

기획	사십편시선 편찬위원회
책임편집	김윤철
마케팅	윤태성
디자인	page9
인쇄제본	(주)아이엠피

펴낸곳	작은숲출판사
등록번호	제313-2010-244호
주소	121-894 서울시 마포구 합정동 367-9
전화	070-4067-8560
팩스	0505-499-8560
홈페이지	http://littlef2010.blog.me
이메일	littlef2010@naver.com

ⓒ 최성수

ISBN 978-89-97581-02-3   03810
값 8,000원

ㅅㅅ **사십편시선**
003

꽃, 꽃 이 꽃잎

최성수 시집

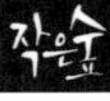

| 자서 |

꽃으로 상처를 견뎌 낸 시절이 있었다.

아득하고 긴긴 봄날을 견디게 해 준 것은
보일 듯 보이지 않게 피어 있는 봄꽃들이었다.

그 꽃들은 치유제가 아니라
상처 그 자체였다.

그 시절로부터 제법 긴 시간이 지나갔다.
그럼 상처는 아물었을까?

지금도 상처가 있던 자리마다

봄이면 꽃이 핀다.

그 자리가 때로 그립다.

내게 꽃의 자리를 닦아 주신 아버지,
그리고 꽃의 이름을 붙여 준 친구 김희년을,
— 기억한다.

2012년 4월 보리소골 꽃 나라에서 최성수

차례

제①부

제 4 부

제
1
부

애기똥풀

워리 워리 부르면
꼬리 살랑이며 달려와
마루 끝에 눈
아기 똥 냉큼 핥아먹던

어린 날
우리 집에 살던 독구나 해피

그쯤 되는 강아지들이
금방 입맛 다실 것 같은

애기똥풀

고깔체비꽃

네댓 살 어린것들이
산비탈에 모여
나발을 불고 있었다.

올망졸망
고깔모자 쓴 채
바람결에 온몸 흔들고 있었다.

솜털 보송보송한
저 부끄러움도 뭣도 모르는

천진天眞, 세상 때 하나 없는.

산팽이눈

누굴까?
눈 부릅뜨고 모여 있는 저 풀들

오는 봄 더딘 걸음 말라고
모두 모여 소리치자고

물가 양지쪽에 모여 핀

사람 사는 땅에 봄 세상을 만드는
저, 무지렁이
우리네 이웃 같은 것들

메꽃

목 씻는 일이 죽기보다 싫었던 나는
도랑가로 끌려가면서 발을 뻗대기 일쑤였지만,
어머니는 기어이 나를 끌어다 물가에 앉혔다
물소리만 들어도 목이 간지럽던 나는
어머니의 손이 닿자마자 그물을 뛰어넘는 가물치처럼
펄떡 솟구쳐 내달리기 시작했다
풀이 발목까지 자란 논두렁
개구리와 늘메기가 무서워 가지도 않던 곳을
보지도 않고 달린 것은
뱀보다 간지럼이 더 두려웠던 때문
논두렁 저쪽에서 돌아보면
어머니는 안타까운 말투로 나를 불렀다
한번만 씻자, 응?
그 손짓 피해 고개 숙이는데
논둑 풀섶 사이 숨어 몰래 피어 있던

메꽃

저도 목이 간지러운지 고개를 숙이고 있었다
네댓 살 무렵, 그 때

숲길을 걷다 마주친
메꽃을 보면 나는 지금도
목에 손이 간다
온몸에 간지럼이 돋는다

바람결에도 간지러워
몰래 숨어 웃는 메꽃

양지꽃

산 언덕길 병아리 몇 마리
봄맞이 나왔다.

햇볕도 노오랗게 빛나는 사월
어느 맑은 날

가만, 귀 기울이면
병아리떼 숨어 재잘대는 소리

양지꽃 두런두런 피어나는 소리

찔레꽃

찔레꽃 피면
그리워라

새순 껍질 벗기던
그 사람

찔레순 쇠고
찔레 가시 굵어지고

찔레꽃 향기
유월 바람에 날리는데

찔레꽃 지면
눈물 나라

날리는 꽃잎 같은
편지 한 잎 없는

그
사람

애기기린초

불러서 마음 환해지는
소리가 있다

애기 손 애기 볼
애기 손가락

불러서 마음 꽉 차는
이름이 있다

애기나리 애기메꽃
애기 달맞이

입 안에 가만 궁굴려 보면
숲길이 돋아나는 꽃이 있다

애기기린초
만지면 금방 손이 보들보들해질

늦둥이 우리 아이 백일 무렵의
손톱 발톱같이 여릿여릿한

숲그늘 아래
숨어 피는 꽃

둥근털제비꽃

여린 것은 아이들 눈에만 보인다.

찾다 찾다 지나쳐 버린 자리
늦둥이 아들 녀석이 소리친다.

여기는 둥근털제비꽃의 나라야.

그 소리에 부스스 잠 깬 꽃들
비로소 제 세상을 연다.

세상천지 온통 환해지는
어떤 봄 날

층층나무

한 해 지나 한 층 짓고
이태 지나 두 층 짓고
석삼년에 꽃 피우고
네 해 지나 그늘 짓고

층층나무 흰 발치에 누워
오월이 지나간다

아무 일 없이 흘려보내는
시간도 이렇게 아름답다고

한 생生이
지나간다

붓꽃

낡은 신문지 위에
가로 획, 세로 획

온몸에 먹물 칠하던
초등학교 가기 전 어느 날

명필은 붓 끝에 힘이 있어야 하느니,
옛날 누구는 사다리에 올라가 현판 글씨를 쓰는데,
그의 재주를 시기한 사람이 사다리를 치워 버렸더란다.
그래도 붓 끝에 어찌나 힘이 있었던지,
글씨 쓰던 그대로 허공에 매달려 있었다더라.

붓꽃을 보면 지금도
그 옛날 내게 붓글씨 가르치던
아버지 모습 떠오른다.

내 손에 저절로 힘이 들어간다.

여린 꽃대가 밀어올리는
오월 저 맑은 하늘

그 하늘 끝에 매달려 있는
붓꽃 한 자루

제
2
부

깽깽이풀

깽깽이풀처럼 살고 싶었네.

등 떠밀고 손 잡아끌며
숨 돌릴 틈조차 없던 일상

외도하듯 어느 날 홀홀 버리고
봄바람에 내 몸 맡기고 싶었네.

흐릿하게 햇살에 살 바래 가며
그렇게 한 세상 살고 싶었네.

사나흘 피다 홀홀 져 버리는 슬픈 청춘
깽깽이풀처럼

알록제비꽃

어디에 피어난들 꽃이 아니랴
마당가 돌 틈에 뿌리내리고
남 먼저 봄맞이 꽃 피운
알록제비꽃

오가는 발길에 채여
남 먼저 진다고 꽃이 아니랴
또 다른 봄이면 다시 피어날
알록제비꽃

철죽

너를 보면 가슴이 뛴다.
너를 보면 땅이 꺼진다.
너를 보면 온몸이 먹먹해진다.

온 산 헤매다 마주친
첫사랑

세월에 바래 흐릿해지고 만
겹겹의 그리움

너를 보면 문득
잔물결이 인다.

쥐오줌풀

그 시절, 겨우내 사랑방에서는
마른 옥수수를 훑었다.

산더미처럼 쌓이던 옥수수 알갱이

아버지가 송곳으로
몇 줄을 긁어 놓으면

남은 식구들은 장갑도 안 낀 손으로
돌처럼 딱딱한 알갱이들을 떼어 내야 했다.

손바닥은 보풀이 일다 일다
껍질이 벗겨지곤 했다.

삼태기 가득 들여 놓은 옥수수가 동나면

아버지는 마당가 낟가리를 헐고
마른 옥수수를 져 날랐다.

방사형으로 쌓아 놓은 동그랗던 낟가리에는
옥수수들이 반짝반짝 제 몸을 빛내며 누워 있었다.
그것들은 겨울 속에서 봄을 기다리는 꽃눈 같았다.

마지막 낟가리를 헐던 날
누운 옥수수들 사이에는 새끼 쥐들이 바들바들 떨고
있었다.
털도 나지 않은 바알간 몸으로
옴씰거리던 새끼 쥐들의 눈은 옥수수 알갱이 같았다.

저 새끼 쥐들도 봄을 기다리고 있었던 것일까?
옥수수들과 한 몸이 되어

땅 속을 뚫고 싹 틀 그날을 기다리고 있었을까?

이른 봄, 볕 좋은 산등성이
그날의 옥수수 알갱이처럼, 새끼 쥐 눈알처럼
서로에게 바투 다가앉아 피어난
꽃 한 송이

솜방망이

저 꽃으로 한 대
맞고 싶다

맞아 쓰러져
내 온몸에 꽃물 들면

세상 어느 귀퉁이에
있는 듯 없는 듯

피다 지고 싶다

알가지*

사랑은 달콤하지 않고
쌉싸름한 것

금방 타올라 쉬 스러지지 않고
오래 물에 우려
바래진 쓴맛 같은 것

알알한 혀끝에서 피어나는
눈부시게 노란
알가지 꽃 같은 것

* 동의나물을 강원도에서는 알가지라고 부른다.

벌깨덩굴

스물 셋, 어린 나이에 결혼 한
그 여자

연보랏빛 꿈 지우고
무얼 안다고 한 남자 따라 길 나섰나?

그 나이 때야
마음 쏠리는 데 끌려가는 법이지요.

스물 다섯 해 뒤
흰 머리 쓸어 넘기며 배시시 웃는
그 여자

스물 두엇 처자처럼
한 곳으로만 향해 피는

벌깨덩굴 꽃 같은

할미꽃

십 년 병치레 누워 지내신 할머니
햇볕 좋은 날
툇마루 쪽 미닫이 문 열고
햇볕 쬐시네.

쪽 진 흰머리
가지런히 넘겨 비녀 꽂고

얼마 안 남은 생의 햇살 속
봄 하루 그렇게 지나가네.

양지 바른 무덤가
햇살 쪽으로 몸 뒤척이며

쪽 진 흰머리로 남은

할미꽃 한 송이

큰구슬붕이

골목길 좁은 터에 금 그려 놓고
구슬치기하던 아이들
다 어디로 갔나?

소복하니 모여 있던 구슬들
기억 저편으로 가뭇없이 사라진 날

고향집 뒷산
양지바른 산비탈에
그날의 구슬들처럼 얼굴 맞대고
눈 빛내며 피어나

꽃,
몇 송이

국수나무

국수나무 꽃 피어
오월이 간다.

우리 동네 초입
국수 공장 마당

막대기에 걸어 말리던
긴 국수 가락처럼

국수나무 바람에
흔들린다.

저녁거리 국수 사러
뛰어 내려가던 그 집

걸어 놓은 국수 다발 아래
부서져 흩어진 가닥들처럼

국수나무 꽃 떨어져
유월이 온다.

어느 바람결에 묻어가 버린
기억들도 꽃잎처럼 흩날린다.

제
3
부

엉겅퀴

온몸이 가시투성이인
새 한 마리가

풀 대궁 끝에
앉아 있다.

얼마나 거친 길을
날아왔는지

여린 바람에도 쉼 없이
흔들린다.

세상에서 얻은 상처가
털조차 붉게 멍들인 것일까?

제 안에 감춘 상처로
혼자 깊어 가고 있다.

금낭화

저렇게 하얀 이를 갖고 싶다.

저렇게 붉은 잇몸을 갖고 싶다.

오십 되니 썩고 빛 바래는
내 이빨

금낭화 꽃 바라보다
문득 이가 시리다.

그리운 것들 다
저 꽃의 세월 속에 있으니.

초롱꽃

어둠이 내리자 반질반질한 바닥 돌 위로
하나둘 초롱꽃이 피어나기 시작했다.
윈난성 리지앙 나시족 마을
성 안 골목 집집마다 내다 걸던
초롱불 아래로 몇몇 나시 청년들은
후루스*를 불며 지나갔다.
고음으로 슬프게 이어지던 그 소리를 들으며
밤이 깊어가고, 하루가 저물었다.
삶이란 특별하지도 않고 그저
수로를 흘러가는 물처럼 늘 어디론가 향해 가는 것
이라고
나직하게 속삭이던 그해 여름의 리지앙
물비린내 깔리는 수로 가에 앉아 맥주를 마시면
때로 뭉게뭉게 일어나는 마음속 아득함을
행복이라고 불러도 좋을까?

그런 날,
어딘가에서 뿌리내리고 있을 그대가
그리운 것은
밤이 새도록 제 몸을 밝히는 초롱불 때문이고,
걸어온 길에서 멈추어 돌아볼 줄 아는 자세 때문이고,
저렇게 하나둘 피어나는 세상의 꽃들이
아직 남아 있음을 알기 때문이다.

바람 낮게 불어 안개 걷히고
옥룡설산 문득 가까이 걸어와
초롱꽃에 얼굴 비춰보던
그 마을

* 후르스 : 중국 윈난성 리지앙 나시족의 조롱박으로 만든 피리.

병꽃나무

마루 끝에 앉아 어머니,
술 드시네

집 밖으로 떠도는 바람처럼
아버지, 소식 없네

병꽃나무 꽃 벙그는
오월

우리 엄니 시름같은
술병들

채곡채곡 나무 끝에
쌓여 가네

매발톱

한때는 몽골 초원을 날던
날카로운 비수였다.
내려다보면 아득하게 이어진 들판
낮은 바람에 몸 눕히는 잔풀들
좁은 돌틈에 숨는 쥐토끼를 쫓던
매서운 눈매
소리도 없이 날아내려
등가죽을 할퀴던 발톱

바람에 닳고 닳아 마침내는
뭉툭해진 부리
잔 옥수수 알갱이조차 쪼아댈 수 없는
그 순간
매는 주인의 손을 떠나 초원의 꿈이 된다.

낮게 내려앉아 세상을 다 감싸는
꽃
벼리고 벼려 드디어
제 안의 날카로움 다 스러지고
세상에 남은 저 여리디 여린
하늘 빛
꽃,
꽃잎

하나

은대난초

실어증失語症 환자로 살아남고 싶었다.

가장 깊은 상처는 말에서 입는 법

내 말이 칼이 되어 번뜩이는 날
누군가의 말이 내 가슴을 후벼 파는 날

앙다물고 한 마디도 입 밖에 내지 않는
은대난초의 꽃잎을 닮고 싶었다.

천생 벙어리인양
석달 열흘쯤

묵언 수도 중인
숲 속 스님 한 포기

싸리꽃

차락차락 물 끼얹는 소리
군침 꼴딱 삼키며
싸리나무 울타리에 눈 들이밀면
긴 머리 박속같은 몸에
하염없이 흘러내리던 우물물

내 또래 꼬마들 다닥다닥 달라붙어
훔쳐보던 그 살빛 곱던 여자애

말라 잎 하나 없이 서 있던 울타리에
갑자기 피어난 보랏빛
싸리꽃 한 송이

마흔 해 더 지난 어느 유월
숲길에서 다시 마주친

싸리꽃 같던
그 아이

줄딸기

춘향이 이 도령 만난 첫날밤
옷고름 풀고 섶 헤쳐 젖가슴 내놓듯

발그레 젖꽃판 익혀 가더니

아이 하나 낳은 어머니 귀한 몸처럼
젖꼭지 붉디붉게 키워 매단

한여름 줄딸기 몇 알
풀섶에서 익어 가고 있다.

꽃에서 딸기로 자라는 그
찰나 혹은 억겁의

시간

솜나물꽃

초등학교 오 학년 무렵 서울로 전학한 뒤
나는 늘 숨어 살았다.
산동네 골목에 숨고,
주인집 눈치 때문에 켜지 못하던 전깃불 없는 방구
석에
고인 어둠처럼 숨어 있었다.
운동장 귀퉁이 정글짐이 놓여 있던 뒤쪽, 숲속도 내
자리였다.
때론 간송미술관 담을 넘어 아카시아 향기 속으로
투명인간인 듯 스며들기도 했다.

나는, 어쩌면 세상에서 영영 사리지고 싶었는지도 모
른다. 그때, 나는.

소통할 수 없는 땅에 던져진 내게 눈부시도록 낯설던

쨍쨍한 햇살

가을꽃처럼 피어 봄 세상에 숨어 있는
어린 시절의 나쯤 되는
그 꽃,
솜나물꽃

남산제비꽃

피난 갈 때 미군이 제일 무서웠단다.
총 멘 코쟁이가
'어디 가오?' 묻는데
키가 장승만 하더라.
다리가 후둘거려 꼼짝도 못했지.

서른 살 무렵의 우리 어머니 같은,
곱고 여린 조선 아낙네 같은,

살 에이는 바람 견뎌 내며
떨고 있는,

남산 제비꽃

제
4
부

고광나무꽃

숲 그늘 너무 짙다고
제 몸 하얗게 태워
고광나무 꽃 핀다

붉은머리오목눈이
한 마리가
그 꽃에 제 머리를 콕콕 찧는다

일순, 오월
흐르다 멈추고

꽃잎 홀홀 진다

솔숲 사이 낮달이
아쉬운 듯 숨을 죽인다

물참대

그 해, 나 억지로 세상 밖으로 밀려났을 때
우리 반 교실에 다닥다닥 붙어 있던 육십 몇 명
아이들의 눈을 기억한다
그렁그렁하던 눈망울에
할 말 못하고 목이 메던
그 아이들

물참대꽃처럼 서로 기대고
그저 바라보기만 하던
아이들

물참대꽃은 피어 여름이 오고
그 해 여름처럼 햇살 또 쨍쨍한데
지금은 세상 어느 갈피에 숨어
저 혼자 피고 있을

그 아이들

바람은 불고,
물참대꽃은 흔들린다
상처가 머문 자리에 돋아난 새살처럼
내 몸이 기억 때문에 간지럽다

가는 장대

숲으로 난 조붓한 길 옆
껑충한 꽃 몇 송이
서 있었다

제 머리 위로
하늘보다 무거운 얼굴을 매단 채
햇살에 배시시 웃고 있었다

그 웃음 때문에
숲으로 휘어진 길은
세상 아닌 곳으로 가는
문 같았다

박새 한 마리가
저도 문을 여는 것처럼

길을 따라 포르르 날아갔다

휘청, 내 몸이 잠시 흔들렸다

처녀치마

그 무렵
솜털 보송보송 일던 중학교 때
내가 가장 궁금했던 것
처녀들의 미끈한 다리를 감춘 치마 속
바라보기만 해도 가슴이 저릿저릿하던 그 청춘은
열정? 혹은, 욕망?

아이들이 자동차 백미러를 뽑아 와
제 신발 위에 얹어놓고 몰래
지나가는 여선생 치마 속 훔쳐본다
대한민국 중학교 아이들의 시절도
지금 열정? 혹은, 욕망?

쉰 넘으니 가슴 뒤흔들던
열정도 욕망도 다 식고

봄 물 흐르는 골짜기 제 치마 활짝 펼쳐 피어난
꽃 한 송이에 아득해진다
열정과 욕망이 스러진 자리에
몰래 피었다 지는 이것은
혹, 그리움?

기린초

나라에 평안이 있었다.

오래도록 도둑이 없었고, 이웃과 말다툼 한 번 없었다. 서로 갈라져 으르렁거리던 남쪽 사람과 북쪽 사람들 나뉘기 전 마음으로 돌아가 얼싸안고 노래 부르며 춤출 줄 알았다. 담장 쌓아 놓고 마을 갈라 놓았던 벽 허물자 그 자리에 꽃이 피어나고 나무 높이 자라기 시작했다. 새들 몰려들어 지저귈 줄 알았다.

청바지 공장에 나가 일하는 새터민 장씨는 염색물 뚝뚝 떨어지는 옷감을 들다 허리가 삐끗했다. 파스 몇 장 갈아 붙이고 공장 담모퉁이에 나와 88 한 모금에 통증을 실어 보내는데, 내뿜는 담배 연기는 허공에 흩어져 떠나온 고향 원산으로 날아간다. 찾아가 봐도 만날 가족 하나 없다며 쓸쓸히 웃는다. 염색약 냄새도 중독이 되는

지, 이젠 역겹지도 않다고 웃는 장씨 머리 위에서 뽕짝 뽕짝 무조건 달려갈 거라며 노랫소리가 울린다. 공장마당 귀퉁이에는 잡무 보는 영실이가 뒷산 골짜기에서 파다 심어놓은 기린초가 병든 얼굴로 시들어 가고 있다.

이리 이마에 소꼬리
말의 굽에 우뚝 뿔 하나 솟은,
기린은 언제 나올까?

기린초 꽃은 피는데,
나라에 근심이 있었다.

  * 기린(麒麟)은 중국 전설상의 동물. 상서로운 동물로 성군이 나타나 나라가 평안해지면 보이는 짐승이다. 이마는 이리를, 꼬리는 소를, 굽은 말을 닮았으며, 머리 가운데 뿔이 하나 솟아 있다. 기(麒)는 숫컷, 린(麟)은 암컷을 지칭한다.

당개지치

　오래된 한옥집으로 이사 온 뒤 아들 녀석은 자주 투명인간이 되었다. 밥때가 되어도 사라져 나타나지 않았다. 애가 달아 할머니와 제 엄마가 소리쳐 부르면, 녀석은 집안 곳곳에서 배시시 웃으며 나타났다. 건넌방에 곁달린 오실이거나, 안방 다락, 혹은 장독대 아래 창고에서 불쑥 나타나던 녀석의 얼굴. 숨을 곳이 많아 좋다며 제 안으로 자꾸 들어가던 여섯 일곱 살 무렵의 그 아이. 성장통의 동굴에 한동안 머물던 그 아이.

　누구나,
제 잎 그늘에 숨어
몰래 꽃 피우고 몰래 열매 맺는
당개지치꽃의 시절 있음이여!

등나무꽃

어둑한 저녁이면 남포불을 켜고
식구들 둘러앉아 밥을 먹었다.
부엌과 마루 사이에 걸려 있던
그을음에 찌든 남포불 아래서
우리 가족들의 하루는 지친 날개를 접었다.
아궁이에서는 재를 뒤집어쓴 강아지가 기어 나왔고
비 오는 날이면 마당가 흙을 뒤져 잡은 땅강아지를
가지고 놀던
그때 나는 대여섯 , 촌놈이었다.
군사정권이 들어서고 공무원을 그만두어야 했던 아
버지의 울분과
길쌈에 밭일에 허리 펼 날 없던 어머니의 가혹한 노
동,
십 리 길 등하교에 곯아떨어진 누나들의 잠을 헤아
릴 수 없었던

내게 가장 그리운 것은
파르르 타오르던 남포불이었다.
등잔보다 몇 배는 더 밝은 남포불은
저녁 식사 때만 몸을 밝혔다.
등잔 심지를 돋우며
소쩍새 우는 문밖 세상에 겁먹은 나를
어머니는 바느질로 밤을 밝히며 지켜보고 계셨다.
그런 밤 나는 꿈속에서
새도록 남포불을 켜고 있었다.
각자의 자리로 사라져 텅빈 한낮의 외로움을
남포불이 지워 주는 것이라고 믿었던 것일까?

등나무 꽃이 핀다.
남포불 같은, 남포불 같은
그 날의 따스한 순간이 거기 매달려 타오르고 있다.

뱀딸기

네 안으로 들어가고 싶어.
날름거리는 혓바닥
서늘한 숲 길
네 입 안에서 사나운 독이 되고 싶어.

아름다운 것은 다 아픈 법

네 안으로 들어가
너의 통증이 되고, 너의 슬픔이 되고
마침내는 그대로 네가 되고 싶어.

저렇게 노오란 빛깔 꽃이
그리 붉게 타오르는 열매로 익을 수 있다니!

네 안으로 들어가

숲을 들어올리는 붉은 열매 하나 배고 싶어.

할미질빵

살아온 짐 무거워
훌훌 털어 버리고
다른 세상 찾아가네.

든 것 하나 없어
버릴 것도 없네.

저승길 찾아 떠나는 어느 할매의
질빵

툭툭 끊어지는 자리마다
이승의 이야기로

소복소복 피어나는
꽃송이

선유도 해국^{海菊}

얼마나 바람벽에 버티고 있어
저리 파리한 꽃이 되었을까?
해국 한 송이 벼랑 바위틈에 숨어
먼 바닷길만 바라보고 있다.
선유도, 신들이 놀았다는
섬.

　의정부에서 태어나 거기서 학교까지 마쳤다는 선유
도 민박집 새댁은 아직도 바다 것들이 낯설다. 뜰채로
겨우 건져 낸 산낙지를 불쑥 시아버지 앞에 내밀며 토
막 내 달라는 얼굴이 해국처럼 부끄러움에 젖어 있다.
아이엠에프 때 쫄딱 말아먹고 남편 따라 찾아온 섬에는
바람만 높다며 웃는다. 웃음 속에 그리움이 아득하다.
소주 한 잔 받아 놓고 하염없이 난바다만 바라보던 선
유도 새댁.

고군산군도古群山群島가 자꾸
고군산군도孤群山群島로 읽힌다.

一 발문 一

이름 모를 들꽃들에 대한 사랑

문재용(교사, 오산고등학교)

발문을 쓰기까지

오랜 벗 성수가 전화를 했다.

나이를 먹어서 그런가 친구를 만나는 횟수도 자꾸만 줄어든다. 그나마 예전에는 안부전화 끝에 '술이나 한 잔 하자.'는 말로 용건을 삼았는데, 이젠 그마저도 안 되니 실없는 소리만 하다 끊는 게 멋쩍다. 이래저래 소식은 뜸해진다. 그래서 그런지 요즘엔 술 못 먹는 친구보다 한 잔씩 거드는 친구 아내가 더 친근한 것도 같다.

"응. 부탁할 게 있는데……."

부탁? 네가 나에게 부탁할 게 뭐가 있겠냐? 속으로 이런

생각을 하면서도,

"그래. 원고 쓰는 거 말고 아무거나 말해라."

게으른 나는 친구들한테 참 많은 신세를 졌다. 공동 작업을 하는 데 만날 펑크 내고 나자빠지곤 했다. 미안하기 짝이 없다. 하지만 나자빠지는 놈은 오죽하면 그랬을라구. 마감 시간은 지났는데 아무리 쥐어짜도 나오는 게 없을 땐 머릿속이 하얗게 되고 그저 지구를 떠나고 싶은 심정이니 말이다.

그런 나에게 또 원고를 쓰란다. 그냥 원고도 아니고 시집의 발문이란다. 그런 거는 통상 쓰는 사람들이 있지 않느냐? 이름 옆에 괄호 열고 무언가 내세울 것이 있는 사람들 말이다. 가끔씩 자신의 박학다식을 드러내면서 폼 좀 잡을 수 있는 사람들이 얼마나 많은가 말이다. 내가 무슨 시인이냐? 문학평론가냐? 그럴듯한 명함 한 장 지닌 대학교수도 아닌데. 물론 나는 영광이지만 그러다가 시집의 수준이 떨어지면 어쩌란 말이냐? 이런저런 논리적 근거를 들이대도 막무가내다. 교직에서의 마지막 시집일지도 모르니 교사인 내가 쓰는 게 최고가 아니냐는 비장한 대목에서는 어찌해 볼 도리가 없다. 그동안 지은 죄가 많았던, 또 그럴듯한 명분이 부족했던 내가 이 글을 쓰게 된 연유다.

그런데 발문을 쓰자니 느닷없이 새로운 복병이 또 나타난다. 이번 시집이 처음부터 끝까지 모두 꽃 이야기란다. 국어 선생을 하면서 가장 힘든 대목이 나무 이름, 풀이름, 물고기 이름 등등이 나올 때다. 아이들이 행여라도 이런 것들에 대해 질문을 할라치면 아무 할 말이 없다. 서른 다섯에 애기똥풀을 알았다는 안도현의 부끄러운 고백에 내가 시인이 아닌 것을 얼마나 다행으로 여겼던가?

물론 나도 가끔은 시간을 내어 인터넷을 뒤적인다. 요리조리 사진을 들여다보며 꽃과 잎과 줄기를 살펴보고 그 나무만의 성질도 살펴보지만 이내 지치고 만다. 암만 봐도 그 놈이 그 놈 같은 게 답이 나오질 않는다. 심지어 꽃치이자 나무치인 나는 그의 시골 보리소골집 앞에 있는 나무 몇 그루 이름조차 제대로 외질 못한다. 예닐곱 그루뿐이 안 되는 나무 이름을 보리소골에 갈 때마다 들어도 나나 아내나 그때뿐인 까닭이다.

아무래도 세상일에는 배워서 되는 게 있고 생활 속에서

익혀지는 게 있는 모양이다. 그래서 가끔씩 촌놈은 참 좋겠다는 생각을 한다. 아는 것도 많고, 할 얘기도 많을 테니까. 그러다 조금 더 나가면 이런 생각마저도 한다. 국어 선생은 모두 촌놈이 해야 하지 않을까 하고……. 그런 면에서 보니 그는 천생 국어 선생이고 문학 선생이다. 생각해보자. 시라는 게 무언가? 선경후정, 성동격서. 자연 속에서 익힌 지식과 경험을 삶의 문제로 바꿔놓는 거 아니던가? 그런 면에서 시골서 자란데다가 지금도 보리소골에 터전을 잡고 있고, 앞으로도 쭈―욱 그럴 테니 국어 선생으로 이 이상 적격인 사람이 어디 있겠는가? 그가 한문 선생이란 게 가끔씩 낯선 이유도 이 때문이다. 한문 선생이 이 정도니 국어 선생이 어디 기를 펴고 살겠느냐 말이다.

그건 그렇고. 시집의 목록을 훑어본다. 아무리 들여다봐도 아는 이름은 몇 개 되지를 않는다. 완전 촌놈이 아니라면 아무리 시인이란들 이런 것들로만 시를 쓰지는 않겠지? 인터넷을 뒤져 시집에 나오는 꽃을, 아니 꽃의 이미지를 순서대로 복사한다. 되도록 꽃과 잎사귀와 줄기까지 골고루 긁어 댄다. 오른쪽 마우스 쓰기가 금지된 사진은 미

안하지만 캡쳐를 하고 칼라로 프린트해서 꽃 사진 한 권을
만든 다음 열심히 시와 대조를 해 본다. 예쁘다. 아, 이게
이렇게 생겼구나. 어쨌거나 준비는 다 됐다. 이제 쓰기만
하면 된다. 쓰기만 하면.

키 낮은 들꽃들의 세상

그러고 보니 이번이 그의 네 번째 시집이다. 첫 시집으
로부터 22년.

젊은 날의 뜨거움으로 나무의 꿈을 노래한 첫 시집《장
다리꽃 같은 우리 아이들》(1990). 해직교사로서의 아픔과
접을 수 없는 각오를 새기고 있는 두 번째 시집《작은 바
람 하나로 시작된 우리 사랑은》(1994). 그리고 중국의 운
남성과 비단길을 떠돌던 시간 여행자가 보리소골에 정착
하기까지의 기록을 담은 세 번째 시집《천 년 전 같은 하
루》(2007). 이 모두를 거쳐 그가 도달한 종착지는 들꽃의
세계인 듯하다. 그런데 왜 하필이면 꽃이고 또 하필이면

들꽃일까?

한때 나는 알쏭달쏭한 시와 알 듯 모를 듯한 평론가들의 말에 질려 있었다. 그 무렵에 시는 암호를 모르면 접근이 불가능한, 나와는 무관한 어떤 것이었다. 그런데 사십을 넘어서면서였나? 어느 사이에 시가 내 곁으로 성큼 다가와 있음을 알게 되었다. 그는 내가 나이를 먹은 탓이라고 했다. 나이를 먹으면 절로 시심이 생기나? 아니면 보이지 않던 것이 보이고 들리지 않던 것이 들리는 것일까? 하긴 나이 오십이 되니 별거 아닌 영화를 보다가도 눈물이 나와 민망한 적이 한두 번이 아니었다. 살아온 세월이 예민한 감수성을 만들어 놓았는지, 아니면 옴치고 뛸 수 없는 나 자신에 대한 연민이 쌓여 세상 모든 사람에 대한 연민으로 발전했는지도 모를 일이다.

어쨌든 나만 그런 게 아니라 그도 나이가 들었음에 틀림없다. 그래서 앞만 보고 달리다가 문득문득 뒤를 돌아다보게 되었고, 빳빳이 고개 들고 하늘을 쳐다보던 삶에서 허리 굽혀 땅을 내려보게 되었을 것이다. 그리고 거기에서 이름 모를 수많은 들꽃을 보게 되었을 거고 들꽃의 삶에 우리네 삶을 비춰보게 되었을 거다.

낯게 내려앉아 세상을 다 감싸는
꽃
벼리고 벼려 드디어
제 안의 날카로움 다 스러지고
세상에 남은 저 여리디 여린
하늘 빛
꽃,
꽃잎

하나
- '매발톱' 중에서

하지만 제 안의 날카로움 다 스러지기까지, 그래서 여리디 여린 하늘 빛, 꽃과 꽃잎 하나로 세상에 남기까지가 말처럼 그리 쉬운 일이었을 리가 없다. '가장 깊은 상처는 말에서 입는 법'이고 그래서 '앙다물고 한 마디도 입 밖에 내지 않는 / 은대난초의 꽃잎을 닮’(은대난초)기까지 그는 얼마나 많은 시간을 보내야 했을까? 그래 그 모든 것을 내려놓고, 훌훌 털어 버리기 위해 타클라마칸 사막과 히말라야의 골짜기를 그렇게도 쏘다녔으리라. 그 과정에서 천 년의 시간을 새롭게 발견하지 못했다면, 억겁 전생의 어느 날 헤어졌던 자신의 또 다른 영혼을 만나지 못했다면, 너른 사막 속의 한 점 모래로 사라질 마음을 먹지 못했다면……? 아마도 지금과 같이 낮게 내려앉지도, 이 세상을 다 감싸지도, 저 무지렁이 같은 우리네 이웃들이 봄 세상을 만드는 것도 깨닫기 힘들었으리라.

나 다시는 그곳에 가지 못하리

그러고 보면 나이 든다는 게 꼭 나쁜 일만은 아닐지도 모른다는 생각이 든다. 정말 ‘나이듦’이란 무얼까? 활짝 핀 꽃을 한껏 즐기는 게 젊음이라면, 꽃의 절정 속에서도 그 꽃이 곧 시들 운명임을 알아보는 지혜를 갖는 게 아닐까?

나아가 '어디에 피어난들 꽃이 아니랴 / 남 먼저 진다고 꽃이 아니랴'(알록제비꽃)는 시구마냥 우리 모두가 같은 운명이라는 일체감으로 연민의 감정을 보내는 일이 아닐까? 그래서 작은 것들, 약한 것들, 사라져가는 것들을 다시 한 번 따뜻한 눈길로 품어주는 일이 아니겠는가?

그러면 다시는 돌아갈 수 없는, 내 삶의 가장 소중한 기쁨이면서 동시에 아쉽고 쓸쓸해지는 순간들을 만나게 된다. 가만 생각해보면 그립고 막막하기만 한 그 순간들은 우리의 기억 저편으로 영영 사라져 버린 것이 아니다. '그리운 것들 다 / 저 꽃의 세월 속에 있'(금낭화)는 까닭이다.

시인은 '마흔 해 더 지난 어느 유월 / 숲길에서 다시 마주친'(싸리꽃) 그 아이처럼 힘겨운 세파로 잊고 지내야만 했던 가슴 설레는 순간들을 지금 들꽃 속에서 만난다. 그곳에는 '가만 귀 기울이면 / 병아리 떼 숨어 재잘거리는 소리, 양지꽃 두런두런 피어나는 소리'(양지꽃)가 있다. 또 그곳에서는 '누구나 제 잎 그늘에 숨어 / 몰래 꽃피우고 몰래 열매 맺는' 당개지치가 있고, '제 안에 깊은 상처로 / 혼자 깊어가고 있는' 엉겅퀴도 있다. '서른 살 무렵의 우리 어머니 같은 / 살 에이는 바람 견뎌내며 / 떨고 있는’ 남산 제비꽃이 있는가 하면 ‘내게 붓글씨 가르치던 / 아버지 말씀’ 떠올리는 붓꽃도 있고, ‘어린 시절의 나쯤 되는’ 솜나물꽃도 있다.

‘때로 뭉게뭉게 일어나는 마음 속 아득함을 / 행복이라고 불러도’(초롱꽃) 좋을 만한 그 모든 기억의 순간들. 그러나 “꽃들은 치유제가 아니라 상처 그 자체였다.”는 시집의 서문처럼 어쩌면 꽃이 진 자리는 시인에게 때로 아픈 상처일지도 모른다. 하지만 또 어떠랴. “아득하고 긴긴 봄날을 버티게 해 준 것 또한 보일 듯 보이지 않게 피어있는 봄꽃들”이었으니 ‘아름다운 것은 다 아픈 법’(뱀딸기)이고 결국 우리가 아픈 것 또한 우리네 삶이 아름답기 때문이겠으니 말이다.

사랑은 달콤하지 않고
쌉싸름한 것

금방 타올라 쉬 스러지지 않고

오래 물에 우려
바래진 쓴맛 같은 것

알알한 혀끝에서 피어나는
눈부시게 노란
알가지꽃 같은 것
　- '알가지' 전문

새로운 세상을 향해

젊은 국어 선생님에게 꽃 사진들을 보여 주었다.

"이런 꽃 봤어? 예쁘지?"

"와아! 선생님, 저는요! 이런 꽃 하나하나에 모두 이름이 붙어 있다는 것이 신기해요."

그러고 보니 '그 많은 꽃들의 이름은 누가 지었을까? 아니 그 꽃들의 이름 자체를 모르는데 그 이름을 불러 주는 일이 몇 번이나 있었을까?' 하는 생각이 든다. 선생들은 안

다. 아이들의 이름을 불러 주는 일이 얼마나 중요한 일인
지……. 마찬가지로 남모르는 낮은 세상에서 남들 모르게
일찍 피었다 지는 들꽃들. 그 이름을 불러 주는 사람이, 아
니 그런 시인이 있어 우리 사는 세상은 좀 더 살만해진 것
이 아니겠는가?

　시인은 지금 '세상 아닌 곳으로 가는 / 문'(가는 장대)
을 열고 있다. 살아온 길 무거워, 훌훌 털어버리고 또 다
른 세상을 향해 나아가겠다고 한다. 시인이 가는 곳은 어
디일까? 그곳에서 그는 어떤 삶을 원하는 걸까? 아마도 그
곳은 '불러서 마음 환해지는 / 마음 꽉 차는'(애기기린초)
세상이고, '그래서 내 온몸에 꽃물 들면 / 세상 어느 귀퉁
이에 / 있는 듯 없는 듯'(솜방망이) 피다질 수 있는 곳이 아
닐까 싶다.

　모두들 내로라 외치는 이 세상이다. 그런 까닭에 솜털
보송보송한, 그래서 아이들 눈에만 보이는 여린 것들을 향
한 시인의 마음은 더욱 남다르기만 하다. 그의 시처럼 그
가 가는 길이 사람 사는 땅에 봄 세상을 만들고, 낮게 내려
앉아 우리 사는 세상을 다 감싸주기를, 그 또한 그 자신으

로 인해 주위를 빛내고 밝히는 아주아주 건강하고 예쁜 들
꽃으로 남아 있기를 기대한다.